RELATOS OCULTOS

RELATOS OCULTOS

Mel Matos

Dirección General: Mel Matos

Diseño de Portada: Ayumi Hijiya

ISBN: 9798676492328
Segunda edición en español

Pie de imprenta: publicado independientemente

https://www.facebook.com/MelMatosAuthor/

Tabla de Contenido

Agradecimientos

Dedicado a mis padres (Melbin y Layla) y a mis hermanos (Alex, Christian y Raquel). A mi hermano perro Ripper. Y a aquellos que silentes me acompañan.

Prefácio

Este pequeño libro es un viaje hacia mi interior. Quizá un intento de ilustrar una evolución en los retazos de mis pensamientos, plasmados en forma de relatos. Hay en ellos una intención de entretener al lector, pero también transmitir ideas que se colaron en mi mente a través de los años. En cada momento de nuestra historia personal hay creencias y corrientes que se apegan a nuestra piel. En ocasiones vamos mudándolas cual serpientes, a medida que nos vamos conociendo a nosotros mismos, o cuando empezamos a tener algo de claridad acerca de los ritmos de este mundo. Un lugar al cual nunca terminamos de entender, pues cada día aprendemos algo, aunque no lo sepamos.

Mel Matos

Sueño en una alcoba oscura[1]

Estaba yo allí en ese tenebroso lugar de donde salía un fétido olor a almas aturdidas por el encierro, el sudor se resbalaba por mi frente como gotas de agua cayendo de un iceberg que se derrite por el calor sordo de la soledad; cuando de repente un ensordecedor ruido perturbó al silencio e hizo caricias dolorosas en las paredes de mi estómago.

Mi mirada se volcó hacia el rincón de donde provenía un sonido inaguantable. Era el grito de una mujer que lloraba sin consuelo por un amor perdido que jamás volvió. Luego, mi mente se extravió en susurros de la razón. La desesperación se apoderó de mi cuerpo buscando salir de la oscuridad en que me vi envuelto. Mi respiración se volvió frenética, mis nervios crispados me hicieron golpear la puerta negra que me mantenía atrapado en ese laberinto de dolor.

Las horas galopaban sobre el reloj, mientras yo desgastaba mis pensamientos en un vaivén frenético. Paso tras paso, me iba acercando al mismo lugar. En un círculo

---

infinito iba llegando al punto mismo del estancamiento, donde el tiempo se congela, donde la nada se vuelca en un amanecer que es a la vez noche. Aquel lugar donde los calendarios dejan caer sus hojas al igual que los árboles adornando el pavimento humedecido, anunciando la llegada del frío intenso que atacará sin piedad a los huesos desnudos. Un gélido rumor que enfilará contra aquellos que se calientan en el jaloneo de las madrugadas, entre los licores y los sonidos estridentes. El invierno eterno de la soledad.

Miré hacia abajo y solo un cable roto me hacía recordar detalles minúsculos de un pasado que poco a poco se desvanecía, de reflejos de lluvia en espejos expuestos al sol de un alba naciente. Me esforzaba desesperadamente por recuperar los retazos dispersos de mi memoria, que se escapaban en el aire como fragmentos de un cristal que jamás llegó a unirse. Eran la sombra de un hombre que nunca encontró el camino de vuelta casa, cuando en las noches oscuras cayó presa de unos brazos de mujer. Atrapado por caricias que se entrelazan al cuello y cortan la respiración, cortan el flujo de sangre que es como la ausencia del dinero en tiempos de necesidad.

Salté, pero no logré elevarme más allá de mis propias ideas. Mis pensamientos eran el lastre que me hundía con fuerza. Mi aliento inquieto, no cesaba de latir, al igual que mi corazón, al cual ya hacía rato que no escuchaba. Quizás, las flechas marchitas de alguna ramera perdida entre la maleza de recuerdos habían envenenado mis venas. Su lengua pudo traer el olvido añejo que confunde a los hombres y los separa de su propia humanidad, convirtiéndolos en perros salvajes que aúllan en el anochecer ante los gemidos de lobas en celos.

Me tambaleé en un mareo incesante. Todo a mi alrededor giraba, como si yo fuera la tierra que tiembla para sacudirse el polvo y la miseria que la han hecho inmunda, y encontrarse así una vez más con la pureza de un baño etéreo, con la palidez de sábanas blancas que cubren todo, que no dejan huellas.

Un inesperado halo de tranquilidad repentinamente me envolvió. Un recuerdo llegó a mi mente. Sentí la hoja fría de un puñal que atravesaba sin decoro mi piel como un clavo a la madera. Sentí cómo ellos quitaban mis ropas entre risas lejanas, para dar paso a carcajadas de burla que caían en cataratas, mientras iban corriendo. Sentí la sangre emanando de mis entrañas y no supe ya más.

Entonces, miré mi endeble cuerpo tendido sobre una tabla vacía, pero ya no era el mismo, eran solo cenizas y huesos que revoloteaban en su sórdida quietud. Alcé la vista y una mujer que lloraba se me antojaba cercana. Sí, era ella, mi amada esposa, a quien le lancé un beso en el atardecer. Finalmente, miré mi cuerpo traslúcido, mis manos desencajadas y mi sonrisa hueca, y felizmente concluí que he muerto.

La búsqueda del alma[2]

Apresurábamos la marcha en medio de la oscuridad de la noche. Dábamos pasos sigilosos, pero acelerados, entre las tinieblas que se extendían intensamente por todo el lugar. El tiempo era escaso, debíamos hallar nuestro objetivo. Recorríamos los rincones que la guerra había convertido en miseria y desesperación, escombros que narraban historias desoladoras. Yo me movía con agilidad sobre el barro pegajoso, hurgando velozmente, mi atención estaba enfocada únicamente en encontrarlo.

Seguimos avanzando hasta hallar una pequeña aldea abandonada. Las humildes chozas mostraban rastros de batallas anteriores. Nos dispersamos y fuimos entrando en cada una. La soledad del lugar era tan penetrante como la quietud del silencio que nos envolvía. Nadie quedaba allí, solo el vacío de aquello que alguna vez pudo ser.

Mi atención fue fugazmente distraída por el estruendo de un grito: "¡La he encontrado, la encontré!".

Me moví con rapidez al lugar donde yacía sentado sobre el suelo aquel soldado con ojos desorbitados, el cual clamaba, con insistencia y entre risas grotescas, haber encontrado lo que con anhelo buscábamos. Sin embargo, la emoción del instante se esfumó al notar que solo sostenía entre sus manos los restos de lo que clamaba como su antigua pierna de madera, su amiga fiel que le acompañó durante tantas batallas, que le sirvió de apoyo, que sustituyó esa parte de su cuerpo destruida en aquella explosión y que habría perdido en algún descuido entre el zumbido de los horrores a los que un soldado se acostumbra a enfrentar.

Todos nos miramos a la vez y decidimos en forma tácita seguir en nuestro afán. Lo dejamos atrás en su felicidad.

Seguimos recorriendo muchos pasajes enredados, caminos casi borrados por el tiempo, ríos, piedras tan lisas que un simple descuido nos habría hecho rebotar contra su húmeda superficie, algunos perdían las fuerzas e iban quedando rezagados en el camino, para luego perderse en un sórdido olvido del que nunca regresarían.

Mientras seguíamos avanzando, un recuerdo turbio y borroso recorrió mi mente. Me observé a mí mismo escondido entre los arbustos, en medio de una batalla incesante. Al frente, tres enemigos caminaban sigilosos sin notar mi oculta presencia. Dos de ellos se dispersaron para cubrir más terreno. El otro siguió caminando lentamente hacia mí. Era casi el final del atardecer, el sol se ocultaba dulcemente en el horizonte.

El soldado con cuidado hurgaba entre la maleza, yo mantenía mi vista fija en sus pies que se mecían suavemente en un firme caminar. Estuvo a pocos pasos de mí, súbitamente levante mi daga contra su vientre, no sin antes percatarme de que sus compañeros mantenían sus miradas hacia otras direcciones, mis manos se movieron agiles para evitar su alarido, que hubiese puesto en alerta .a sus camaradas. La tibia sangre recorrió mis manos, mientras su cuerpo se doblaba hasta desaparecer en el espesor del monte.

"Uno menos", me dije a mí mismo, mientras me deslicé estratégicamente por el suelo en dirección hacia mi segunda víctima. Tomé una pesada piedra en mi mano derecha y me acerqué lo suficiente como para no ser detectado, Allí esperé unos pocos segundos, mientras determinaba la posición de mis enemigos. Capté a quien sería presa de mi furia a solo escasos metros de mí. Parecía un poco desorientado, pues sus dos compañeros se habían perdido de vista.

La ausencia del tercer hombre me turbaba. Sin embargo, no podía esperar demasiado, un leve descuido podría ser fatal para mí. El soldado giró en dirección contraria al lugar donde yo estaba, un grave error que le costaría la vida. Cuando me dio la espalda, me abalancé rápidamente sobre él y lo golpeé fuertemente en la cabeza con la pesada piedra que arrastré conmigo. Mi otra mano ocupo su boca y este fue cayendo sin delatar mi posición o, al menos, eso pensé por un instante. En la guerra, el más leve descuido puede ser fatal. De pronto, una ráfaga de disparos recorrió el aire y su sonido aterrador inundó mis oídos. No sentía nada, pero de mi cuerpo manaba sangre. El dolor era escaso. Intenté mirar a los lados, pero todo se desvaneció con rapidez.

Otro grito me sacó de mi letargo, mi meditación fue interrumpida por uno de nuestros hombres que señalaba un árbol muy frondoso, el cual ocultaba un sendero cubierto por una maleza oscura y espesa, al final, una pequeña cueva. No me había percatado de que nuestro número se había reducido en gran manera. Muchos cedieron al cansancio, la sed y la fatiga, pero nuestra búsqueda no podía parar. Subimos por la empinada colina hasta llegar a aquel sendero. A duras penas y con mucho esfuerzo, continuamos el camino. Estábamos adoloridos.

Rodeamos con incredulidad la pequeña entrada. Yo me ofrecí de voluntario para entrar primero ante la incertidumbre que se apoderó del grupo. Debido a la estrechez de la cueva, debimos ir de uno en uno. Todo era aún más oscuro, mis linternas ya no daban más luces y mi cuerpo iba cansado atravesando la pegajosa humedad.

Mis compañeros me seguían muy de cerca. Sus quejidos y lamentos eran notorios, sabía que algunos estaban siendo derrotados por el cansancio y la sordidez de aquel angosto pasaje. Sabía que muchos perecerían, yo mismo me sentía desfallecer, el nivel del agua seguía aumentando.

Ante mí, una nueva entrada aún más angosta. La atravesé lentamente, con el mayor de los cuidados, estaba seguro de que el resto me seguiría a pesar de la inmensa oscuridad. El quejido de mi pelotón se sentía muy lejano. Sin embargo, no me atrevía a mirar atrás. Inquietamente, algo me inducía a seguir adelante, me sentía muy cerca del objetivo.

El agua rozaba mi cuello, me faltaba el aire, un mareo se apoderó de mí y me hizo tambalear. La somnolencia producida por el cansancio se expresó en mis gestos.

Había sido un largo camino. Miré hacia atrás y no observé a nadie cerca. La soledad era absoluta, pero debía seguir. No podía fallar, mis piernas decayeron, todo se nubló, mi conciencia se desvaneció…

¿Dónde estoy?, como vine a dar aquí?, atrapado entre el temor de la desorientación absoluta y una memoria resquebrajada que no me dejaba dilucidar mi posición ni mi propio nombre. La ansiedad empezó a apoderarse de mí. Mi corazón latía fuerte, lo escuché con claridad en medio de este silencio eterno. No logré abrir mis ojos lastimados, sentí que me falta la respiración. De repente, todo empezó a temblar, había mucho movimiento.

Me sentí caer, convulsioné. Me resistí con todas mis fuerzas, pero me fue inevitable desplazarme. Luché contra la corriente, de mi boca no lograba salir ni el menor sonido en busca de auxilio, ni siquiera estaba seguro de que alguien me podía ayudar.

Me resbalé intensamente, como si la tierra se hubiese abierto para tragarme en un solo bocado. Fui cayendo y cayendo, mientras una fuerza inexplicable, como de otro mundo, me arrastraba hacia donde no deseaba ir. Un frío estremecedor me recorrió desde los pies con un fulgor eléctrico que recorrió mi ser. Luego, una luz que lastimaba en su intensidad. Fui recuperando el aliento e intenté, desesperadamente, escapar.

De repente, sentí manos que me tocaban, como si me deslizaran hacia la nada. Hice un último esfuerzo y logré emitir mi alarido, quizás alguien me haya escuchado esta vez.

La sonrisa se apoderaba de los presentes, todos miraban impacientes, mientras el doctor alegremente decía: "¡Felicidades, es un niño!".

Añoranzas de Mujer[3]

Lleva algunas horas haciendo fila en aquel pasillo impregnado de ruidos insolentes. Gente que va y viene. Ella contempla el sudor frío de las paredes que, afligidas por la humedad, lloran silentes sus penas. Adelante, dos señoras desatan sus lenguas en chismes de pasillo. Detrás, un hombre lee algún periódico manchado de la sangre que derraman los relatos de violencia, murmullos de ese caos interminable en que ha deparado esta sociedad. Pero ella solo mantiene su vista ausente, aletargada en faenas de otros mundos. Sus ojos se elevan por un instante y chocan con trazos oscuros que acuñan un mensaje en la pared, uno que apenas resalta entre los muchos garabatos sin sentido ni rumbo: "¿Y que es el amor sino simple comprensión ilimitada? Es aceptar las decisiones que el ser amado toma sobre sí mismo. Es solo dejarlo ser."

Una leve sonrisa se posa en sus labios y ella asiente, a la vez que su alma se empieza a mecer en los recuerdos del ayer, en aquellos parajes de una nostalgia que añora lo que apenas pudo ser, lo que nunca se concretó, todo aquello que se quedó a medias. Así señala su lento y tortuoso camino al lamento de la soledad.

Tal vez, hubiese bastado con encontrar a alguien para aceptar y ser aceptada, para dejar que los errores e

---

[3] Marzo 1997

imperfecciones fuesen opacados por el brillo de una mirada dulce que brotara de sus ojos. Si acaso la miseria de un lecho vacío no fuera tan grande como un abismo profundo en el que se cae eternamente, sin parar, sin sentir, con las emociones endurecidas como rocas en el suelo, con lágrimas de cristal rodando por mejillas sin caricias.

Tal vez, su alma no resistió más ese tormento y su corazón se desplomó en mil pedazos, para luego jugar con las sombras de su dolor. En ese instante, sus ojos se encontraron con los míos. Su mirada se bañó del brillo de un nuevo amanecer, como si mis pupilas fuesen un sol que ilumina las cámaras ocultas de su corazón. "Han pasado tantos años", se decía ella para sus adentros. Una llamarada de recuerdos recorrió su mente en un momento, pero uno en especial se quedó flotando en el aire, así como aquellos labios que estuvieron cerca de besarla en esa tarde de lluvia, o aquel roce leve de manos que chocaban al caminar.

Ella lo recordaba bien, eran tardes enteras de largas pláticas, de la simpleza del calor humano, en las que, finalmente, la soledad aparecía abatida y en retirada. Sus ojos brillaron con esplendor a medida que se iba acercando hacia mí. La fila avanzaba lento, ¡pero ya no importaba esperar unos pocos instantes más! si habían pasado cerca de dos décadas para este reencuentro. Los nervios afloraban de nuevo, esas cosquillas del alma comenzaban su danza juguetona sobre su vientre, como si fuese la primera vez.

Finalmente, su momento había llegado. Ella se acercó tímidamente, colocó sus manos al borde de la taquilla, me miró con emoción mientras una sonrisa se dibujaba en su rostro. Yo la miré impávido, impaciente, mis expresiones eran secas, marchitas. Ella dejó deslizar algunas palabras:

-Amor, ¿acaso no me recuerdas?

La observé con recelo, casi con amargura, de mi boca escaparon algunos murmullos:

-Buenas tardes, deme su documento por favor.

-Aquí tienes cielo, quizás así me recuerdes de una vez- agregó, un tanto sorprendida por el tono de mi respuesta.

Tomé el papel en mis manos y rápidamente impregné el sello húmedo sobre su superficie. Sin detenerme a mirarlo, procedí a entregárselo de vuelta. A diferencia de ella, yo carecía de tiempo y había mucho trabajo por hacer. Ella se quedó esperando una respuesta, quizás implorando que mi memoria surgiera de la nada y danzara con ella al ritmo de sus esperanzas. Tras un breve silencio dijo apesadumbrada:

-¿Y es que no piensas decirme nada? Se que han sido muchos años, pero aun así…

La gente que esperaba en la fila se empezaba a impacientar, la miré con enfado y dije interrumpiendo su reclamo:

-¡Señora no me haga perder más tiempo!, diríjase hacia aquella puerta, allí la están esperando.

Su rostro se empañó de tristeza, y un vacío agujereó su alma. La soledad volvió a caer en ella, como si de un manto de agua turbia se tratara, y la cubrió toda en un instante. Bajó la mirada y se dispuso a dirigirse lentamente al lugar indicado, mientras con fuerza yo gritaba:

-¡Siguiente!

Ella entraba por la puerta. Su camino era aquel de las almas descarriadas, de las que tienen que repetir las lecciones no aprendidas. Después de todo, el suicidio no era nunca una salida, sino un regreso al punto inicial.

La larga fila de muertos se extendía por el corredor, almas impacientes que esperan su destino al otro lado del umbral. Yo seguiría en mi faena. Esta semana había sido una de esas donde incluso en el más allá no hay descanso.

El viejo que no quería ver más allá[4]

Mientras el mundo se sumergía en la guerra, había un pequeño pueblo, con no más de 300 personas, que parecía no enterarse de nada. La guerra y el mundo parecían un lugar lejano, aunque estuviese a la vuelta de la esquina.

La gente se aglomeraba cada mañana en la plaza para ver al viejo que siempre sabía todo lo que pasaría y lo que había pasado. A su lado, un joven siempre estaba sentado ayudándolo a acomodarse en su silla, cuidando siempre de él.

Muchos preguntaban por un amor. Otros, por la fortuna. Los más cautos observaban con estupor y paulatinamente se convencían de que solo eran tonterías de un viejo de pueblo, aunque nunca se equivocaba. El viejo, cuya vista se había ido ya hace mucho tiempo, meditaba cada mañana y esperaba al tumulto de curiosos que preguntaba una y otra vez los más banales asuntos. Era un don que de pequeño ya sabía que tenía.

Así fue que le advirtió a su padre que la noche sería fría… esa misma, cuando su madre dejó a tres hermanos a la merced de su progenitor. Así fue también cómo advirtió que su mirada se nublaría en la mañana en que sus ojos dejaron de ver, cuando de un desbocado potro su cuerpo fue a dar al suelo en el que dejó sembrada la sonrisa y la visión, el mismo suelo donde su madre yacía hecha cadáver y fe.

La gente ya concentrada de nuevo se aprestó a escucharlo esa mañana. El viejo sorprendió a todos con lo siguiente: "Hoy no quiero decir nada, solamente deseo que sean felices. La vida está hecha de felicidad, solo hay que aprender a abrazarla, vayan a sus casas y disfruten de sus familias".

El viejo se levantó y se marchó lentamente ante la mirada atónita y decepcionada de los que esperaban alguna respuesta sobre lo que el destino les deparaba. El joven que lo acompañaba salió de su sorpresa y se apresuró a seguirlo por el camino, en silencio, observándolo, pero en silencio, cuidando de que no tropezara le tomó la mano y le guió por un sendero.

El joven, ya en su desespero por comprender lo que pasaba, le preguntó: ¿porque hoy no quisiste atenderlos como siempre? el viejo solo avanzó y se mostró pensativo. Luego deteniéndose le dijo: "a veces solo es mejor no saber lo que vendrá…vive hoy".

Al día siguiente, un hongo de humo blanco cubría a Hiroshima, la ciudad más cercana al pueblo del viejo. Un pueblo del que el mundo poco conocía, un pueblo que sabía poco del mundo…un pueblo que también fue borrado con la explosión.

En Soledad[5]

Caí presa de una extraña fuerza que me arrastraba hacia el abismo de la depresión. La furia de la pasión que caracterizaba a mi nunca correspondido amor fue víctima de la llamarada helada de la soledad. Transformándola en cenizas que se desvanecieron en un nostálgico suspiro.

Pero el tiempo no se detiene y, al igual que las penas que revolotean en el aire, todo da vueltas para regresar siempre al mismo lugar. La candidez de su mirada despertó de nuevo la llama ardiente que en silencio envolvía mi corazón y lo carbonizaba entre latidos delirantes. Fugazmente desterrándolo al olvido cuando sus ojos evadían los míos en una reacción instantánea, como quien mira una sombra que se plasma en la pared, como quien solo contempla el vacío.

En ocasiones, el recuerdo de la ternura de su voz hacía resurgir de lo más profundo las dolencias del amor perdido que lastimaban, como si de un látigo se tratara, y evocaban así inaudibles sollozos del alma. La impresión paulatina que expresaba su figura dócil y estilizada me

---

trasladaba a un estado inerte. Allí resaltaban las incongruencias físicas, perfumadas por el desprecio que dejaba la huella de su trato en el ambiente, el cual de pronto era oscuro y corría el velo de la incertidumbre para aquel que platónicamente a lo lejos observaba.

Una reacción desenfrenada recorrió todo mi cuerpo. Despejó, a medias, mi conciencia que, desesperada, intentaba salir de las tinieblas. Me aferraba a la débil esperanza de encontrar, algún día, quizás, en un lejano lugar, un lugar fuera de mí, el camino a aquello llamado felicidad. Eso que hasta ahora no era más que un mito, una más de las leyendas urbanas que adornaban mis noches.

Un sombrío recuerdo deslumbró mis pensamientos. Tan difuso que era como un déjà vu, quizás una leve noción de algún ciclo que se repetía. Esta sórdida imagen penetró hasta el fondo de mi corazón. Dejó sentir la dureza de su oscuro mensaje que me llevaría de nuevo a la realidad. Aquel plano de existencia donde encarnaban mis mayores temores y ambiciones en un ser amorosamente despreciable. Con su esencia adictiva y su imagen difícil de olvidar. Este panorama contrastaba, así, con una tonta ilusión que pronto terminaría.

Su rostro de ángel desentrañaba un vacío que había dejado asentado el tiempo. Representaba una mezcla de pasiones y recuerdos que desembocaban en un ser atormentado por el agudo dolor del desengaño. Entonces, mi boca se impregnó del sabor amargo de la desilusión y así denotó el castigo insoportable de la derrota.

De pronto, el espejo resbaló de mis sudorosas manos y esparció sus trozos por el aire, los que se encontraron con el piso. Desde entonces, no recuerdo haberla visto nuevamente, excepto cuando el sol se asoma por la ventana.

Alguien observa[6]

El cielo nublado al atardecer, sus ropas húmedas dejaban colar el helado viento que se enfilaba contra ella una y otra vez. Era un largo andar desde casa, caminaba diariamente entre dos y tres horas para llegar a su destino y así entregarse a la afanosa tarea de cuidar a aquellos ruidosos niños, limpiar ese hogar que no era el suyo, lavar la ropa, los platos y, si el infortunio arengaba, entonces servir de vedette al devoto esposo de la señora que nunca estaba en aquel lugar. Ya eran seis meses en esa faena poco remunerada y en su mente solo rondaba una pregunta: "¿Hasta cuándo?".

Las gotas de lluvia caían lentamente en aquella tarde gris. Un aroma refrescante penetraba en la habitación y me hacía recordar aquellos días en los que podía observar sus brillantes ojos y su larga cabellera sin pensar en nada más. Con mi mirada abstracta y profunda clavada sobre su cuerpo. Sin pronunciar palabra alguna, saboreaba yo sus caderas con mi vista lasciva. Le observaba en silencio, sin hacer un movimiento, estático, solo mirándola ir y venir de un lado a otro en la inmensidad de aquel salón.

Los recuerdos de su desnudez llegaban a mi mente. Su sonrisa adornaba la almohada del señor de la casa, mientras sus piernas se enlazaban en su cintura y la sed

---

[6] Julio 1996

era finalmente abatida. Sin embargo, su rostro permanecía ausente, como si su alma hubiese emigrado a un lugar donde el dolor se evapora con la luz de un sol que nunca duerme. Allí donde sus venas dejan fluir esferas siderales, manantiales de esporas que portan la semilla de una felicidad etérea, distante, solo accesible en los sueños.

Quizás ella no pudo soportarlo, o tal vez su alma no resistió un minuto más de aquel encierro fortuito que representa el calabozo de una vida sin sentido, de una rutina insidiosa, esclavizante, de los maltratos inhumanos. Tan solo si su angustiada vida no le hubiese pedido un último esfuerzo, si hubiese podido permanecer un instante más allí, entre las sábanas, como siempre lo hacía. Llorando a escondidas para que él no la viera, tal vez toda esa locura se habría evitado.

Aquella noche oscura, ella se armó de valor para buscar lo que no había encontrado durante toda su vida. Ya no habría más órdenes ni palabras hirientes. Finalmente, encontraría la libertad y el respeto que le eran debidos. Solo deseaba ser libre para mirar los pájaros en el cielo, para sentir el viento en su cara y convertirse en quien siempre había soñado.

Los labios del hombre besaban su cuello y su lengua buscaba los tercos gemidos que se rehusaban a emanar. Ella temblaba, posiblemente sabía que la hora había llegado. Lo miró a los ojos y por primera vez dijo palabra alguna en la cama. Sus labios dibujaron una frase en el aire. Él tal vez esperaba un tierno "te amo" o un apasionado "hazme tuya como siempre"; pero, en cambio, recibió amargamente un "maldito seas". Una punzada hiriente iba atravesando su pecho. La daga se paseaba por sus entrañas, para después buscar las venas y derramar así su sangre sobre las blancas sábanas. En ellas un rojo mar se dibujaba. Esta vez no representaba pasión, sino odio. El rostro de la mujer reflejaba placer extremo al ver su expresión adolorida, al escuchar sus quejidos y sus súplicas. Ella reía mientras lo pisoteaba, escupía su cara y lo acuchillaba salvajemente una y otra vez hasta asegurarse de su fallecimiento.

Yo continuaba mirándola, nunca dejé de hacerlo. Ni aún después de que ella saltó el muro al final del pasillo que daba al jardín. Ni después de sus gritos, o el dolor, o de observarla morir lentamente por causa del auto, que en su descuido, la arroyó. Ni aún después de sentir el puñal enterrado en mis venas con la sangre derramándose. Incluso después de salir de mi cuerpo y flotar por el aire. Incluso hoy sigo observándola, desde esta ventana, en este salón, allá, en su ataúd, con sus húmedos huesos y su alma encerrada entre mis sabanas manchadas.

Siempre ha estado allí[7]

Sus manos titiritaban por el frío, sus huesos eran recorridos por el artrítico dolor en que se sumergía noche tras noche. Algunas veces, su propia mirada le jugaba en contra y la dejaba en una oscura neblina. Otras, era solo el efecto de los recuerdos que ocupaban su mente y que la transportaban a tiempos lejanos, quizás mejores, a épocas en las que su piel aún no presentaba las huellas indelebles del tiempo.

Su oír era, a veces, un soplido lejano. Un murmullo de alguien que canta al atardecer, ensimismado en la cima de alguna colina distante. A veces sus fuerzas eran escasas, pero su corazón aún latía avasallante, vibraba de melancolía o de tristeza. En otras ocasiones, era inundado por una alegría estremecedora o simplemente el temor que dejan los años.

La soledad se presentaba con más de una máscara. Al mirarse al espejo, no lograba encontrarse sobre su superficie, no hallaba el reflejo que su mente había guardado durante tantas décadas; sin embargo, ella seguía allí. Era esa niña que sonreía alegre, ese espíritu que se sentía fuerte y valeroso, que se sacrificaba al amanecer. En la noche sus penas seguían rodando entre chorros de agua que se mecían sobre platos sucios y un detergente suave, de esos que no dañaban la piel, pero carcomían el alma.

Las madrugadas eran lamentos y preocupaciones por la ausencia de los que suelen estar cerca, por el temor de la calle insegura, bandida, pistolera. Aun así, con el sol oculto, ella ya andaba de pie, ordenando el hogar, quizás encerrada en los humos de alguna cocina en la que dejaba el espíritu, trabajando sin cesar para alimentar a aquellos que incluso no suelen agradecer lo que llevan a sus bocas.

Así era su interminable faena. Una tarea tras otra, sin descanso, sin aliento, y muchas veces, sin compensación alguna más que el aplauso silente de su propia alma. Ella se regocijaba en el amor que emanaba de sus venas, en su dulce contemplar de aquellos que la rodeaban, esos que muchas veces la ignoraban, como si de un mueble desgastado se tratara.

Su caminar era lento. Las autoimpuestas cadenas del sacrificio infinito aumentaban el peso de su andar. Y aunque su mente volara entre sueños incumplidos, fantasías desgastadas y los achaques del tiempo, en su rostro todavía había brillo. Le iluminaba la satisfacción de haberlo dado todo por nada. Estaba orgullosa de su obra oculta a los ojos del mundo, de su montaje teatral ante butacas vacías. Delicados cuadros encajonados y envueltos en la oscuridad del anonimato eterno que otorga el título olvidado de madre a tiempo completo.

Hoy camino por las calles y veo su rostro en las esquinas. Su recuerdo guía mis pasos como la primera vez, pero de mis labios aún no sale el "te quiero" que cuando niño solía lanzar al viento con natural facilidad. Es su alma la que todavía me da fuerzas para seguir adelante cuando las lágrimas llegan y se derriten en mi rostro. Sé que está allí, cerca o lejos, pero allí, esperando entre sus ollas y alfombras, entre sus consejos sabios y su sacrificio eterno e inagotable.

Mira al lado, adelante, o quizás atrás… allí está ella, entre tus pasos, en tus triunfos y lamentos, tus caídas y progresos, allí está, inagotable junto a ti. Siempre ha estado allí.

Llanto nocturno[8]

Reflejos en gotas de lluvia buscan vestigios de sombra. Veo una luz resplandecer en el vacío, pido cruzar fronteras de libertad, solo cuenta contigo, solamente contigo.

Vuela un ave en tu cielo, nada un pez en tu vientre. Son lágrimas recorriendo el camino olvidado. Es el llanto nocturno que brota de tus ojos. Es soledad ardiendo en la cama. Víctimas y opresores somos todos a la vez. Mil caras y mil verdades se cruzan en un instante. ¿Hacia dónde va el futuro?

Miro en un espejo y no hay sombras ni imágenes. Un lago de la nada que se mece nostálgico. Cenizas de paz brotan de un fuego inmortal. Es el llanto nocturno recorriendo mi alma, sin caminos, ni rutas. Ya no hay nada que perdonar, solamente desvanecerse en el llanto nocturno que emana de tus labios. ¿Dónde está el amor eterno? Quizás se quedó dormido entre las moralejas y los cimientos de lo que no se ve.

---

[8] June 1993

Brilla el sudor en tu alma, pero navegas sola entre lunas ocultas. Vives como puedes, y el mundo languidece en la soledad de una multitud que ya no mira hacia los lados. ¿Y yo?...

En mi llanto nocturno, jamás hablé de poesía. Crucé tu océano y me ahogué en el paraíso. Cuando vuelvas, no hallarás ninguna razón. Cuando grites, hazlo fuerte, quizás mis oídos esta vez logren escucharte. Yo solo deseo entrar en mi llanto nocturno y reír en la madrugada. Descansaré de buscar corrientes de aire en un corazón dormido, aprenderé a respirar en la nada, allí donde los huesos se vuelven cenizas.

Estamos enclaustrados en la búsqueda perpetua de nuestra propia naturaleza. A lo lejos, se escucha un llanto nocturno caer en remolinos de sangre. El aire se va impregnando de canciones danzadas por diablos azules. Vuela un ave en tu cielo, nada un pez en tu vientre y cae el llanto nocturno en el tortuoso y desolado camino olvidado por ti.

Yo volveré alguna vez y quizás entonces me dejes ver la luz. Quizás mis brazos y piernas pierdan su posición fetal y pueda abrazarte dulcemente al nacer.

Miradas habituales de los que nunca están[9]

Allí estabas, bajabas cada escalón mientras tus ojos iluminaban el horizonte. Tus pasos iban inquietos, sin rumbo, perdidos entre las olas calmas de tu mirar. Eras como un espejismo entrelazado en alegrías inertes, en sonrisas ocultas, casi desnudas ante el olvido del mundo.

Allí estabas, sumida en un gesto, en los recuerdos lejanos que recorrían tu rostro. Viviendo en dimensiones ajenas, paralelas, furtivas. Tu mundo no se cruzaba con las vidas cotidianas de los que no nos detenemos a pensar por un instante. Aquellos que vamos corriendo dispersos, en busca de lo irreal.

Allí estabas, como si fueras la sombra que se oculta al amanecer, camuflajeada en luz. Permaneciste dormida en los rincones minúsculos del trajín cotidiano. Levantaste la vista para decir sin palabras lo que ya no se puede oír. Recorriste el alma, las horas, y todo lo que hay que decir, para luego evaporarte en la nada de la inercia. Te sumergiste en el movimiento ambiguo de labios que

---

[9] Enero 1996

sonríen levemente. Seducida por la idea de una imagen que se mece en el reflejo de su otro yo que responde a lo lejos, allá, sobre la superficie de mi rostro, que impávido se hunde en tus latidos. En tu amanecer.

Si me hubieses visto partir [10]

Entrábamos en la cueva, nuestras débiles linternas luchaban una dura batalla contra la oscuridad del lugar, el cual nos envolvía como si de un manto de ausencias se tratase, como si hubiésemos caído en un limbo infinito. Así caminábamos lento con temor a resbalar en la superficie de esas rocas estridentes, casi gelatinosas, que marcaban el camino.

Nuestra expedición había durado meses. Una búsqueda incesante movida solo por la fe de nuestro guía. Un hombre sabio que se mecía en largas horas de estudios arqueológicos, rumiando sobre huesos y piedras que pintaban un ayer lejano, casi inalcanzable. Este hombre paciente y pensativo que, hurgando entre los fragmentos dispersos, nos había traído hasta este insomne lugar, predicaba nuestra cercanía a descubrimientos insólitos, al encuentro de alguna raza perdida. Una civilización invisible a los ojos de la historia, cuyo rastro solo era olfateado por sabuesos del pasado, fanáticos del olvido, buscadores de mitos ocultos.

---

[10] Marzo 1996

El frío intenso paralizaba mis manos. Mis piernas resbalaban entre temblores vacíos provocados por el titiritar de mis huesos humedecidos. El cansancio me agobiaba a medida que mis pies se negaban a obedecerme y solo eran guiados por la inercia de los que no tienen voluntad. Finalmente, un grito despejó mi mente entumecida. Llegaba la hora de escarbar los escombros y horadar en el misterio que ocultaba esta tierra.

Un pequeño cofre se asomó con timidez entre las rocas. Mis ojos brillaron con esplendor mientras su cubierta cedía al designio de nuestro guía, quien lentamente lo abrió con facilidad. En él halló solo un antiguo pliego de papel, quizás una historia olvidada, un mensaje de recuerdos pasados. Mis oídos atentos escuchaban las palabras que iban narrando lo escrito en aquel antiguo papiro:

"Si me hubieses visto partir, era como un ave remontando el cielo, flotaba entre las sombras, miraba y volvía a caer. De alguna forma llegue aquí, a este lugar inerte, donde en cada pestañeo de mis ojos hay una conexión con el infinito. Me siento volar entre galaxias, donde mis oídos se deleitan en los sonidos del universo, en el concierto de planetas.

Hace mucho que te veo, quizás me olvidaste, pero siempre he estado aquí. Si tan solo supieras que existo... Quizás tú me acompañarías a pasear entre los cometas.

Si me hubieses visto partir, cuando mi cuerpo caía recostado en aquel sillón, en la soledad de mi propio murmullo, quizás lo recordarías tan claro como yo. En aquella noche en la que el vértigo se apoderaba de mi presencia y el dolor se desvanecía en el aire. Quizás, entonces, tú también aprenderías a cruzar agujeros negros y a sentir el polvo de estrellas que bañan tu piel. Te sumergirías en la sensación de bienestar, sonreirías al sol en el amanecer.

Si me hubieses visto partir, si creyeras, si volaras como yo, no temerías más, tu llanto dejaría de correr. Si supieses la verdad, no callarías, romperías el silencio en un grito permanente, infinito."

Atentamente observaba aquel papel que caía despacio hasta que se desvaneció en el aire. Se rompió en trozos que se duplicaban a medida que la gravedad los llevaba a la tierra; una tierra que dejaba de ser el apoyo de mis pies. Las paredes de la cueva se achicaban y mis ojos empezaban a ver luces de colores varios, y mis oídos se abrían a melodías desconocidas. Quizás algún mareo rondaba por mi cabeza y el escenario se confundía hasta perderse de mi vista.

Finalmente, miré el sol que iluminaba mi rostro. Mientras mi cuerpo permanecía tendido en aquel sillón, busqué mi imagen ausente en el espejo, entendí lo que fui y lo que no fui, recordé el pasado de algún futuro lejano, sentí que flotaba lentamente por la habitación; mi cara fue tomando color, mientras mi respiración se agitaba. Mi garganta seca dejaba colar el aire inquieto, y, así, mis ojos se abrieron, miré alrededor y finalmente entendí lo que es una experiencia extracorporal.

Un único amor[11]

Toc, toc, toc... Una tras otra caían las gotas de agua sobre la vieja madera. En el fondo de la habitación, una sombra se mezclaba con los retazos de la noche tormentosa que acaecía. Era el reflejo de una mujer que yacía sentada sobre el piso, descansando su espalda contra la pared. Ella, dócilmente envuelta en un aura de nostalgia, permanecía inmóvil, mientras lágrimas de plata salían de sus ojos, inundando así su todo su rostro. Reflejaban un dolor nostálgico que pronto desaparecería.

Súbitamente una puerta olvidada reaccionó al empuje del viento que implacable la golpeaba. Un agudo rechinar se coló por el aire, imitando al lamento de un alma descarriada. Un aire frío y solitario corrió desde el umbral y envolvió toda la habitación, casi sofocando cualquier amago de calor humano que pudiese existir allí, apagando cualquier llama que luchara contra la oscuridad de la eterna soledad.

Pasos constantes, casi rítmicos, se escucharon en forma de ecos lejanos, mientras una débil cacofonía acariciaba al

---

[11]Septiembre 1996

ambiente, el sonido atemorizante de un trueno sin rumbo coincidió con el fin de la marcha de aquel que se acercaba. Un contorno indescifrable se apoderó de la entrada de aquel recinto, a la par que el silencio se mecía entre los segundos que parecían eternos. Inesperadamente el visitante inició su marcha enfiló hacia donde estaba la mujer tendida sobre mares de llanto. Poco a poco, la figura va tomando forma humana, retazos de un hombre se dejan ver. El sonido de una cadena se arrastraba sin cesar y hacía contraste con pasos lentos y firmes, los cuales llevan al hombre muy cerca de quien se encuentra abandonada sobre el suelo amargo de la resignación.

Este, con voz grave y pausada, dejó escapar una frase que atravesó fibras y nervios, como si de una lanza envenenada se tratara:

-¡Es la hora! Todo se da en su debido momento, nada se escapa de su propio tiempo.

La mujer, dejando escapar un leve suspiro, levantó su esbelto cuerpo del piso y, como si lo inevitable estuviese palpando su alma, dio un paso al frente e hizo contacto precario con la frialdad extrema de aquel misterioso personaje.

Su respiración agitada se paseaba por el rostro indescifrable bajo la tenue luz de quien posaba frente a ella. Lentamente sus bocas se acercaron y dejaron que sus lenguas se unieran como enredaderas al árbol.

Ella se despojó de sus ropas y dejó entrever su pálida piel. Así se deslizó entre sus brazos, mientras él la acariciaba lentamente y la envolvía en un abrazo asfixiante. Sus manos se paseaban con calma por el cuello que ella escondía bajo su larga cabellera, y desfilaban por su espalda hasta rozar el final de esta, donde empuñaba lo que tocaba, cual tenaza de cangrejo a la presa que no quiere escapar.

Besos dulces recorrían sus mejillas. Sus labios apenas eran rozados por los de él, mientras ella intentaba mordisquearlos levemente. Su respiración se agitaba. Él, sin embargo, dejaba caer su boca lentamente en dirección a sus senos, donde luego se deleitaría en un jugueteo constante con pezones firmes que asemejaban a un volcán en etapa de erupción.

Una lengua inquieta se iba deslizando por el abdomen de ella, mientras las manos acariciaban las piernas de una mujer temblorosa, casi danzante, como envuelta en llamas de una pasión que se aceleraba progresivamente. Pero las manos de su misterioso amante no detenían su andar. Por momentos jugaban con su entrepierna. Otras veces recorrían la cintura; y por minutos, deambulaban sobre el sitio al que muchos anhelaban llegar, describiendo infinitos círculos, intentando desenterrar los primeros gemidos del placer macabro que apenas comenzaba.

Su lengua prosiguió su andar hasta que se encontró recorriendo dulcemente todo su vientre. A un paso decidido avanzaba hacia su encuentro con aquellos labios que aún no habían sido besados. La mujer, asegurándose la mayor cuantía de placer posible, acomodaba sus piernas sobre los hombros de su amante y dejaba entreabierta una rendija que daría paso a dimensiones más intensas de placer.

Esa lengua impertinente, que no sabía pedir permiso para entrar a lugares desconocidos. No se saciaba del infinito lamido que ejercía sobre un clítoris levemente enrojecido, el cual se alzaba ardiente como el sol en las mañanas y que iluminaba el camino al primer orgasmo que ya asomaba sus indicios. En aquellos instantes, las manos no permanecían inmóviles, al contrario, jugaban recorriendo glúteos firmes que iniciaban una especie de danza sobre su propio eje mientras algunos dedos suavemente giraban sobre su centro.

En un agresivo movimiento, él la tomó por las piernas y las abrió bruscamente, forzando su natural elasticidad a su máximo límite. Llevó su boca contra la de ella. Luego la empujó salvajemente contra la pared, mientras su propio peso se balanceaba hacia su cintura. Con sus ojos clavados fijamente en los de ella, penetró no tan sutilmente en su piel virginal y estallaron los gritos del dolor placentero. Ella lo observaba y en medio de su lamento sonrió en complicidad. Su busto abultado cabalgaba al ritmo del mover de sus caderas que eran sostenidas por manos que apretaban con cada salir y entrar. Ella se agitaba incontrolable, mientras el sudor excitante empezaba a surgir y seguían las olas recorriendo el mar.

Tras largos momentos de jadeo, posiciones variopintas fueron magistralmente elaboradas, como si se tratara de una danza en el aire, emulando tal vez algún ritual de sacrificio divino, de esos que nos hechizan con sus placeres. placeres. Los gritos orgásmicos se dejaban escuchar una y otra vez durante la larga faena. Finalmente, blancas gotas en llamas se derramaban sobre un vientre cansado, revoloteaban en su ombligo y recorrían enteramente su abdomen agradecido, mientras su cuerpo sin fuerzas pasaba a reposar plácidamente sobre el frío suelo.

Por unos instantes, él la contempló con ojos inexpresivos, en un silencio sepulcral. Luego se dio a la tarea de vestirla con finas ropas blancas, la besó en la frente y le ató firmemente los brazos con cadenas y grilletes, como arriero al animal, y la obligó a levantarse para emprender la marcha. La lluvia iba cesando lentamente hasta que se hizo solo un rumor de un ayer cercano, mientras ellos se perdían en la profundidad de la noche que finalizaba, sin dejar rastro alguno.

En una tumba floreada, una lápida decía: "Yace aquí una mujer cuyo único amor fue la muerte".

Mañana será otro día[12]

En el recorrer de las calles, noto tu ausencia. En el silencio de la soledad, te extraño. El vacío de un caminar que era de dos se deja entrever bajo los pasos solitarios de mi sombra.

Eras tú la única razón verdadera por la cual emprendí algún vuelo y era tu sonrisa la que le daba vida a los sueños.

¿De qué me sirve el esplendor de una vida que no incluye tu calor?, de que me sirve mirarme al espejo y soñar con el brillo de la nada, ¿cuándo la nada es justamente la falta de ti?

Mirando la avenida del futuro, solo se nota un eterno circular de un pasado que no está, pero que sigue allí. Persisten los errores, los lamentos que ruedan por el aire. Siguen las campanas del olvido intentando ensordecer a la conciencia, como induciendo a un sueño amnésico que permita reponerse del ayer, y quizás del hoy y del mañana también. Mis pies se pasean sobre tierras de una suntuosidad mágica pero ilusoria, de una visión que alguna vez tuvimos, cuando aún éramos uno, en la que no encaja mi alma errante sin el aliento de tu ser.

---

[12] Febrero 2010

"Uno aprende", dicen las palabras sabias. "Uno crece", piensan aquellos que creen comprender. Yo sigo adelante como puedo, con el peso de mi alma que cada vez se acrecienta, con el dolor de un recuerdo que florece y castiga como el látigo.

Mañana será otro día…tal vez.

Nuestro Encuentro[13]

Ciegamente corríamos sin reparar en los detalles. Nuestras miradas perdidas en paisajes de la memoria. Quizás, en algunos instantes, nos deteníamos a recordar las distancias recorridas. Quizás, nuestra atención era atraída por alguna luz que estremecía la oscuridad. A veces, hay miradas que reflejan resplandor y producen alivios temporales, que solo duran los instantes necesarios, los minutos que una mente distraída puede regalarles.

Estábamos allí sin reparar en lo que podía suceder, sin preocuparnos por el olvido, ese verdugo incesante que aniquila las imágenes, que desvive los colores y adormece los sonidos. Había calor, también gemidos. A lo lejos, sombras acechaban, aun así, nuestra respiración era inmutable, casi rítmica.

Sabíamos que nuestro destino era desvanecernos sin dejar rastros y, sin embargo, había cadenas que en ocasiones nos sujetaban, intentaban anclarnos a un punto

---

fijo, que se hace distante con las horas; pero finalmente habríamos de partir.

Hoy seguimos estando en el mismo lugar. El tiempo nos ha hecho invisibles, borrosos, incoloros. Todo esto hasta que en algún momento seamos llamados de vuelta a la memoria, para cumplir nuestra función y mostrar nuevamente las horas felices o bien los momentos tormentosos.

Lipograma: Un Árbol[14]

Un árbol, tan solo una forma pausada, una figura traslúcida a los ojos humanos, casi tan anónima como una sombra. Allí, anclado a su tálamo, continua inmóvil, sin disputar ni indagar la razón por la cual ha alcanzado a vivir.

No acostumbra atacar su propia forma, ni lo atrapan los conflictos ni las disyuntivas. No practica la conflagración ni busca la hostilidad, y tampoco ama. No busca un calor originado por otros organismos, quizás solo la luz solar. Nunca ronda por los caminos, ni anda, no grita, ni llora, o quizás sus lágrimas no brotan para nosotros. Una única razón: vivir. Su figura adorna cada lugar transitado, multiplicando su propio yo aun con su parálisis sin fin. Inhala, brota, alarga su tronco, sus hojas son batidas por una brisa mimosa cuando los minutos van tocando su ocaso.

Un árbol no disputa los propósitos futuros surgidos al alba, ni su umbral. No ausculta un tictac marcando su

---

[14] Marzo 2010

hora, solo da todo al hoy. Un árbol simboliza quizás la forma más pulcra y agraciada. Dúctil, acomoda sus ramas por todos los rincones usando su tonicidad ilimitada. Soporta todos los ramalazos, año tras año guarda todos los capítulos sin adjudicar su voluntad al pasado.

Un árbol no llora por su incomoda postura ni arma alharaca por su infortunada situación. Todos los días mira a las alturas, confiado, aguarda la lluvia y ampara su posición al costado, inmóvil. Cuando todo gira y no para, un árbol vibra sin angustias, sin ansias.

Un árbol simboliza autonomía, manumisión, una magnífica forma, un ahora inmortal, la gracia pura, un alma alborozada con la lluvia.

Un árbol indulta su parálisis mirando con bondadosos ojos a su propio piso y otorgando así toda su profundidad.

A las siete...tal vez [15]

"¡Hoy mi vida apenas comienza!", me dije a mí mismo tratando de darme ánimos. Sin cesar, caminé por los rincones de esta ciudad que no para de moverse, aunque jamás llega a ninguna parte. Deambulé buscando un nombre, quizás una dirección, incluso un resguardo contra la noche que empezaba a mostrar su oscuro tono. El frío empezaba a correr por mis venas y una humedad perenne se impregnaba en mí; quizás emanaba de mí a la vez.

Escuché ruidos de autos. Vi gente sonreír en mitad de la calle, tomados de la mano, o quizás simplemente tomados, embriagados en las mieles del alcohol o en el hedor de su propio ego, pero felices ante la simpleza de su existencia, ante la no necesidad de indagar, de buscar más allá.

Mis ropas deshilachadas iban dejando salir la desnudez de mi alma que aún seguía aferrada a una idea. Era el apego a un deseo insaciable. El hechizo de cantos hipnóticos del agite urbano. Envuelto en las luces que

---

pasaban, continuaba mi camino. Las mujeres de esquina miraban y este ardor por saber más no cesaba. Era la prisa por encontrar respuestas que se escondían entre albores cotidianos. Me hallé sumergido en los laberintos de mi mente cansada, turbia, casi invisible.

Miles de preguntas rondaban por mi cabeza y la inundaban de dudas existenciales, de sollozos intranquilos. Caminé a través de la avenida. Un autobús lleno de gente pasaba a mi lado y me aferré a la sonrisa de una dama que viajaba en él. Parecía distraída en sus pensamientos, como si recordara los buenos momentos de un amor lejano y fugaz.

Mis pasos desorientados me llevaron al recinto de una vieja edificación. Las paredes descuidadas destilaban el paso de los años, manchadas con las sombras del delirio humano que noche tras noche solía destilar gritos y maldiciones. Eran rastros de peleas sin sentido, las marcas del desespero que reside en las vidas insatisfechas; en la mirada de los que no logran ver más allá.

Subí por las escaleras corroídas, maltratadas por lo sollozos de la soledad, del abandono eterno. Subí esquivando los flagelos que surgían de las paredes como si de nubes cargadas de odio se tratara. En el último escalón me detuve a encender mi cigarrillo, mientras me sentaba y simplemente esperé.

Las horas se congelaban, mientras el humo subía por el aire lentamente. Mi reloj marcaba las siete. Ella subió por la escalera en dirección hacia mí. Alegre, su mirada era festiva, hermosa como siempre la había imaginado.

Llevaba un aura de ternura, de quien ama sin cesar y siempre está dispuesta a albergar un corazón entre sus brazos. Se sentó junto a mí, sin decir palabra alguna tomó un sorbo de mi cigarro y el humo invadió mi cara. Entonces, me dijo:

-¿tienes alguna pregunta?

La miré de reojo sorprendido por el calor de su voz. Siempre pensé que sería más fría, sobre todo después de tantos años de ausencia. Hice un gesto de negación con mi cabeza y ella sonrió levemente. Luego agregó:

-Tienes miedo, lo sé. No te culpo, ¡han inventado tantas mentiras!

Golpeó la pared duramente y después giró su vista de nuevo hacia mí. El resplandor de su luz cegaba mis ojos delirantes. Ella tomó mi mano y la besó dulcemente. La miré apesadumbrado y alcancé a decir:

-Nunca entendí por qué.

Mirándome fijamente y con ternura acarició mi cabello. Después espetó:

-Nunca lo entienden.

Mis manos estaban temblorosas, encendí otro cigarrillo, y dejé el humo escapar en espiral, sus palabras hincharon mis fábulas:

-Todos corren, buscan una respuesta, aun sin saberlo, andan en desespero, intentando escapar.

La miré con curiosidad y agregué:

-¿Escapar de qué?

-Escapar de sí mismos, de su propio destino - puntualizó.

-¿Acaso hay una salida? -dije esperanzado-

Sonriendo sarcásticamente me lanzó una mirada retadora. El silencio bailó entre nosotros por algunos instantes. Luego, ella lo rompió inclemente:

-¿Salida a qué? , ¿De dónde?

Por unos segundos reflexioné sobre sus palabras. Ella se levantó sigilosa, acomodó sus ropas; arregló el cabello mientras sonreía a su diminuto espejo de mano, le lanzó un beso a su imagen y me dijo:

-¿Vienes o te quedas?

La miré en forma apacible y añadí:

-Ya no tengo una razón para seguir aquí, esperando una respuesta.

Me apresuré a bajar las escaleras a su lado. Llegamos a aquel gran salón. Todos estaban allí, había caras que casi no recordaba En una esquina miré a mi madre, silente, aletargada en sus recuerdos. Me fui mezclando entre la gente, observaba sus rostros mientras caminaba. Noté la larga cola al final del salón, tomé a mi compañera de la mano y nos acercamos hacia el lugar, hicimos la larga fila y a solo metros de llegar al final, ella se detuvo respetuosamente. Yo avancé unos pasos hasta asomarme sobre el ataúd. Me detuve a contemplar con tranquilidad por un instante. Con una nueva sensación de paz, dije:

-Descansa en paz, compañero.

Me acerqué hasta mi madre y acaricié su cabello. Sus lágrimas se derramaban mientras mis manos pálidas se deslizaban por su rostro como si fueran el aire. Mi amiga y yo salimos del lugar sin que nadie más lo notara. La miré a los ojos y dije:

-Nunca pensé que mi funeral fuese tan emotivo.

La mirada en la caja gris[16]

Caminé alrededor del cuarto, quizás unas seis o siete veces. No podía dejar de mirarla. Allí estaba, apacible, estática, con su típica elegancia reflejándose en la simpleza de sus formas. La contemplé con afán, quizás esperaba que algo sucediera, pero todo fue en vano.

Empecé a acercarme a ella de manera sigilosa. Pequeños pasos guiaban mi cuerpo hacia el centro de la habitación donde ella alegremente reposaba. Sin embargo, mis nervios se crispaban, me preguntaba a mí mismo si ella notaría esta vez mi presencia. Quizás no, ya hacía mucho que yo era como un punto inocuo clavado en la pared de su olvido.

Habían pasado muchas semanas en las que ella parecía no haberse inmutado ante mi presencia. Me ignoraba, como si yo no existiera, sin responder a mis palabras, evitando mis preguntas con su silencio infame. Si había actuado así todo este tiempo,¿ porque habría de cambiar ahora?

Di tres pasos hasta estar a solo escasos metros de ella y mi cuerpo fue frenado abruptamente por el resplandor que se posaba sobre su rostro. Mi garganta se secó y la respiración me empezaba a faltar. Quería abalanzarme con toda mi furia, sacarle las palabras a la fuerza, finalmente hacerme notar; pero sabía que si lo intentaba en aquel momento solamente conseguiría ahuyentarla y se volvería a alejar de mí, a encerrarse en su silencio.

Me fui apartando despacio hasta plegarme completamente contra la pared. Mis manos sudorosas se deslizaron por esta hasta que alcanzaron el interruptor de luz. Despacio, fui bajándolo con mis dedos hasta dejar la habitación en total oscuridad. Mis ojos se cegaron por la ausencia de luz. Me preguntaba si ella había notado que ahora todo era penumbras. ¿Que estaría pensando? ¿Se habrá asustado esta vez?

Esperé por unos instantes, mientras mis ojos se aclimataban a la oscuridad que nos envolvía. Sin embargo, el destello de su mirada se clavó en mí y nuevamente me cegó y me paralizó allí, en la indefensión del claroscuro que se enseñoreaba de aquel lugar. Mi única opción era cerrar los ojos y hacer desaparecer su imagen obtusa, insistente, que golpeaba mi cabeza, pero aun así me era imposible, ella penetraba mi mente y me atormentaba con su eterno vigilar.

Abrí los ojos, como si de un relámpago se tratara, la observé fijamente una vez más, mientras me deslizaba por la pared. Quizás ella no notaría mis movimientos en esta ocasión. Mis piernas temblaban, mis labios se entumecían por el frío helado que dejaba su despectivo mirar. Sin embargo, no me detendría ante nada. Me acerqué con furia a pasos veloces y elevé mis manos, pero algo me detuvo, estuve tan solo a tres centímetros de ella, pero no pude alcanzarla, me lancé al piso. Tapé mis ojos con las manos y allí estuve llorando por algunos instantes.

Luego de secar el río de lágrimas que se desbordaba por mi rostro, acerqué mis labios hacia ella y la besé con ternura. Esta vez mis manos lograron acariciarla lentamente, de forma casi juguetona, y finalmente la así entre mis dedos. Un recuerdo golpeó a mi mente en ese justo instante.

La imagen de la tarde aquella cuando la conocí, tierna, dulce y sencilla, no había visto una mujer más hermosa antes. Sus ojos me impactaron desde la primera vez. Yo me acerqué intranquilo hasta donde ella permanecía sentada contemplando el paisaje, hundida en sus pensamientos. Me senté a su lado, mientras los nervios roían mi alma y el corazón se me aceleraba ante la candidez de su rostro. Ella respondió con una leve sonrisa: "Hoy es uno de esos días hermosos en los que solo provoca contemplarlo todo".

Sí, tenía razón, era uno de esos días que suelen ser ordinarios, sin brillo alguno, llenos del gris depresivo que va dejando el rastro de la soledad perenne. Aunque de pronto, se convierten en luz al ser enfocados bajo la mirada tierna de ojos perfectos que se posan en el aire para transformarlo todo y enarbolar un camino. Esa fue la forma como nos enamoramos. Ya hace de eso unos veinte años quizás, toda una vida juntos desde aquel momento, en cada minuto, observando sus ojos deslumbrantes que cegaban mi corazón, que se clavaban en mi alma como una espina atravesada en la garganta.

Recuerdo que la ansiedad se apoderaba de mis venas cuando luchaba con fuerzas contra el deseo de tenerlos entre mis manos y jugar con ellos, para luego lanzarlos al aire, a un vacío inconcluso, quizás fragmentarlos en trozos bien definidos, geométricamente perfectos, pero siempre algo me detuvo, había algo que no me dejaba avanzar, que me ordenaba contenerme.

Una voz cortó el hilo de recuerdos que desfilaban por mi mente y dijo:

-¡No te muevas!

Reaccioné con un grito estridente, intenté asirme a ella, pero alguien la tomó de entre mis brazos. Un hombre vestido de blanco me envolvía con una prenda lujosa, blanca, con largos cordones que se fijaban en mí, destacando mi figura. A la vez me decía con amabilidad:

-No se preocupe, todo va estar bien. Venga por aquí.

Yo, sonriente y ofuscado, obedecía. Otros dos anotaban sin parar. Yo me preguntaba sobre el destino que le depararía a ella. Solo notaba su mirada clavada en mí, pidiéndome a gritos silentes que no me alejara jamás, que no la dejara sola, que nunca la abandonara.

Alguien más comentaba:

-Llévenselo de aquí, pronto. Y tú apresúrate a destapar esa caja gris, vamos.

Finalmente, mientras íbamos saliendo de la habitación pude escuchar un grito surcando el aire, bañándolo de pánico, y otro alarmado decía:

-Dios santo! Son ojos humanos.

El silencio[17]

El silencio es la esperanza de aquel que por temor calla, y la ilusión de un refugio en la nada. Es un lugar seguro en el cual esconderse ante la tormenta que la vida derrama en ocasiones, o que la opresión se encarga de potenciar.

El silencio es una guarida para el cobarde, pero también madriguera para quien por su vida teme. Sirve de resguardo cuando solo queda un cúmulo de ilusiones apiladas en el tiempo. Abraza las penas que desbordan a la razón, y nos protege cuando somos espejismos en el aire.

El silencio es una ilusión de defensa que muchas veces se convierte en amparo del abuso. Es un lugar para esconderse entre la multitud. Guardamos silencio esperando pasar desapercibidos, sin embargo, nuestra invisibilidad es ilusoria.

---

[17] Mayo 2012

Fueron siete disparos directos al corazón, atravesándolo en forma limpia. Fue el silencio el que se apoderó de la calle cuando alguien preguntó: ¿De dónde salieron los tiros?

El silencio también es la casa de los agobiados que sueñan con evitar más castigos, u olvidar alguna pena. Es la ilusión de permanencia de las cosas; la fina tela que cubre al caudal incontrolable de eventos que no queremos alterar.

Ella tomó sus maletas y cerró la puerta tras de sí. Mis ojos siguieron su sombra observándola en silencio, con mi rostro marcando una indiferencia ficticia. Mi alma se aferró a la esperanza de que sus pasos se detuviesen a mitad de camino. Me hallé atrapado en la quimera de la ausencia de duras palabras como puerta para un futuro. Y aun permanezco silente desde esta ventana, en el mismo lugar, esperando un cambio de rumbo.

La calle vacía va borrando las viejas manchas de sangre, en la apuesta de que la quietud no adormezca al olvido. Ella no volverá.

El Gran Doctor[18]

Se abrieron sus alas. Una vida dedicada a la sanación de los cuerpos, un comienzo difícil tuvo el gran doctor en sus inicios, donde la pobreza se paseaba en su cama y los platos permanecían vacíos por largas horas. Las corrientes intentaban arrástralo hacia un destino precario para consumirlo en las condiciones de sus pares, pero su voluntad le abrió un camino, una senda que no pararía de recorrer hasta el final de sus días. Un cuaderno se meció entre sus manos, un lápiz dibujaba las letras que marcarían su vida. Entre dulces, gritos, días difíciles de escuela y contra la palidez de su propio mundo se atrevió a dar marcha a sus instintos, decidió labrar su senda.

Muy temprano se levantó a trabajar. Durante un tiempo fueron muchos los oficios en los que se mecía su vida, pero su meta era clara. Su mente lo llevaría a las salas donde las almas que esperan un alivio sonreían al verle entrar. Fue un obrero, fue un valiente, estudiante eterno. Entre horas sin reposo, el hambre recorrió sus entrañas. Nunca dejó de avanzar, muchas veces fue el mejor. Sus

---

[18] April 2012

hermanas lo miraban admiradas sin saber que su destino cambiaría. Luego de muchas ansias, el insomnio finalmente dejaría ver sus frutos. Un juramento marcaría su destino.

En alguna de sus mañanas, una mirada le robaría el aliento, para luego convertirse en su soporte eterno. En su compañía permaneció hasta los días finales, esos que nunca se esperan pero que al llegar se hacen parte de un descanso merecido. Una esposa, cuatro hijos, algún ángel perdido que nunca encontró la luz, pues lloraba desde el vientre mientras decía adiós, mirando entre las penumbras de aquellos que no nacieron. Hubo algunos desaciertos, promesas validas y cumplidas, otras rotas que solo lograron resquebrajar su propia alma. Hubo grandes sonrisas, viajes largos, otros cortos, pero siempre hacia adelante, en el sentido en que fluye la vida, una que no cesa, aunque ya no haya aliento.

Aún recuerdo su rostro, cuando los nervios se apoderaban de mi cuerpo y la ansiedad envolvía mi sed. Sus palabras que calmaron las tristezas de una corta despedida, que luego se extendería hasta desaparecer. Fueron consejos de sabio, producto de las vivencias. Fueron muchos los momentos en que siempre estuvo allí, sí, siempre estuvo allí.

Embalsamado en sus estudios, exploró variadas ramas de la vida. Dibujó así un árbol escondido en el jardín de los olvidos. A veces, los libros se acumulaban en un bosque interminable, eran una marea de esas que no se detienen.

Una brisa en la mañana marcaba su caminar. ¿A dónde nos lleva la vida? Quizás al único lugar donde podemos llegar. Son nuestras vivencias las que importan, los recuerdos que dejamos, las huellas que sembramos en las almas que nos rodean, la familia, los amigos, los momentos de felicidad.

Las lágrimas no se detienen, incluso cuando intento contenerlas. El dolor va recordando que algo inmenso se nos va. Miramos atrás y recordamos al gran doctor, con su maletín en mano. Sus agujas eran como pinceles que dibujaban vida y calmaban el dolor. Anestesia para las incertidumbres del amanecer.

Fueron muchos los momentos compartidos. Grandes las tristezas y las alegrías. Horas extensas de esfuerzo, llanto, amor y compasión. Todo mezclado en una botellita chica, de esas que llevan sustancias para dormir en las horas más difíciles. Y hoy nos deja, mas su recuerdo permanece intacto. Quizás borroso y lejano, pero imposible de borrar. Nosotros nunca te olvidaremos.

¡Te amo papá!

El Ascensor[19]

Era un día soleado. En la hora pico, las calles estaban abarrotadas de gente. Un mundo apresurado por llegar a tiempo al trabajo. Era hasta difícil caminar. Javier se abría paso entre la multitud a duras penas. Llevaba en su mano el maletín marrón lleno de papeles. Aunque no muy pesado, era un tumulto incomodo a la hora de colarse entre los transeúntes que fluían en masa hacia la zona laboral.

Javier con su traje negro, zapatos lustrados, y camisa blanca, lograba ya divisar el edificio al que había asistido de manera rutinaria en los últimos dos años. Allí se sometía a largas jornadas de trabajo. Eran extenuantes faenas que se extendían hasta la madrugada. Su cabello frondoso se mezclaba con el viento y a veces rosaba sus lentes. Estos a duras penas se sostenían sobre su rostro, para no caer al pavimento en medio de la prisa.

Finalmente, Javier alcanzaba el lujoso edificio en el centro de la ciudad. El mismo había sido diseñado con formas cúbicas que se escalonaban en la fachada y

---

[19] Febrero 2018

contenían tejas anaranjadas en sus bordes, al estilo de terrazas españolas. Toda una atracción en aquel distrito comercial, haciéndolo único y enigmático.

Justo en la entrada, un tumulto de trabajadores apresurados se apilaba en la puerta rotatoria. Javier entre ellos caminaba despacio. Tropezó levemente a un hombre de camisa blanca y barba abultada que solo le ignoró. Era común que los unos a los otros se empujasen un poco en el afán por entrar al edificio.

Javier junto a otras diez personas se apresuraron a correr hacia el ascensor de limpias puertas de metal. Era espacioso, con espejos a ambos lados de sus paredes. Javier logró entrar primero y se coló hasta el fondo, donde había un tablero de botones. Se apresuró a marcar su acostumbrado piso nueve. El hombre de barba también entró en el ascensor y Javier muy amable le preguntó:

-Que piso le marco?
-Trece, por favor. -Indicó el hombre.

El ascensor se estaba llenando. Una dama vestida de blanco, con cabellera negra, ojos profundos y de piel muy pálida, caminó hacia el fondo del ascensor observando delicadamente a Javier. Ella le lanzó una pequeña sonrisa, como mandando un saludo sin intención.

Eran las 7:50 de la mañana. Javier se sentía satisfecho, ya que pronto llegaría a su escritorio y empezaría la jornada con varias reuniones importantes. Había mucho por hacer, sin embargo, el día se mostraba promisorio. El ascensor se detuvo en el piso tres. Dos señoras muy elegantes se bajaron allí. Rápidamente la puerta cerró y el aparato siguió su rumbo.

Javier miró su reloj. "Este ascensor va muy lento" -se dijo a sí mismo-. Por instantes sus pensamientos se perdían en cientos de cosas que debía hacer: mandar emails, escribir documentos, organizar la reunión con los clientes, etc.

Arribó el ascensor al piso cinco. Tres personas más llegaban a su destino. Las puertas se abrieron lentamente, dejando ver la luz blanquecina del corredor. Los tres afortunados enrumbaron su camino hacia el pasillo. Las puertas nuevamente se cerraron casi sin ganas, y el ascensor prosiguió su camino.

El indicador marcó el piso 8. Al fondo la mujer de blanco dijo:

-Con permiso, por favor. No me vayan a tropezar, que si se me cae esta pieza tendremos que repetir.

En sus manos llevaba un extraño paquete con flores y otros detalles, que parecía muy desordenado. Caminó lentamente hacia las puertas del ascensor, las cuales aún no se abrían. Sin intención, tropezó con el hombre de barba que se encontraba en su paso. Se derramó el contenido de su paquete, y ella con ojos desorbitados dejó escapar una aterradora risa.

Mirando a todos los presentes, su rostro transitó hacia el enfado. Ella indicó en voz muy alta:

-¿Pero que les dije? Solo pedí que tuviesen cuidado. ¡Ahora tenemos que repetir!

Extrañamente en el medio del ascensor, una niebla empezó a inundar el lugar, extendiéndose a todos los rincones de aquel aparato. Javier sintió que se asfixiaba. No lograba ver nada y sus lentes se empañaban por el humo. Por un instante pensó que era producto de un incendio, pero no había alarma alguna que alertara.

De repente, en el medio del ascensor un mesón de trabajo había aparecido. Tras del mismo, se encontraba la dama vestida con bata blanca, como de laboratorio. Ella reacomodaba su extraño adorno. El ascensor marcó el piso uno, e iba ascendiendo.

Ella trabajó por algunos minutos y tomó en sus manos el artefacto restaurado. Logró dejarlo exactamente igual a como lo llevaba la primera vez. El ascensor marcó de nuevo al piso ocho. Los presentes asustados no alcanzaron a decir palabra. Mientras ella se dirigía a la puerta, todos abrieron paso para evitar otro accidente. Esta vez nadie la tropezó. Sin embargo, el enredado diseño se derramó entre sus manos. Ella de nuevo gritó enfurecida:

-¿Es que nunca lo voy a lograr?

La niebla asfixiante envolvió el recinto de nuevo. Al dispersarse el ascensor estaba ya en el primer piso, y ascendiendo. La dama trabajaba en su mesón nuevamente. Javier sintió un miedo profundo en sus entrañas que no le permitió moverse o hablar. Un escalofrió recorrió toda su piel.

Ella intentó varios diseños. Probó diferentes maneras de hacer funcionar aquel adorno, pero una y otra vez el mismo se esparcía entre sus dedos. No lograba llegar a la puerta del piso ocho.

Javier seguía enmudecido y aterrado al igual que el resto de los presentes. Su garganta reseca, y su frente sudorosa, le incomodaban. Javier aun no lograba encontrar explicación a aquel extraño suceso.

Al caer el adorno nuevamente, La dama esta vez espetó:

-¡Aja! ¡Ya sé, tranquilos, ya encontré la solución!

Nuevamente la niebla se apoderó del ambiente dejando a todos ciegos y desorientados por un instante. Trabajando de nuevo en su mesón, la dama colocó el adorno entre lo que parecía ser una hoja de plástico que se adaptaba al contenido. Lo transformó en un hermoso buqué de flores. Su traje blanco se convirtió en un lujoso vestido de bodas. Un velo cubría su rostro cada vez más pálido. Las cavidades de sus ojos mostraban un gran vacío y su sonrisa era inmóvil. Ella feliz se dirigió hacia la puerta del piso ocho, mientras tarareaba una extraña versión de la marcha nupcial.

Para sorpresa de los presentes, esta vez el buqué no se derramó. Las puertas se abrieron y ella salió contenta. Al llegar al pasillo, se fue desvaneciendo en el aire mientras aún se le escuchaba tararear su melodía de bodas. El sonido se desvaneció lentamente.

Todos salieron despavoridos de aquel ascensor en camino a las escaleras. Sin embargo, Javier, que en principio no lograba aun entender lo que había sucedido, no se movió. Pensó por un instante, y observó que solo faltaba un piso para llegar a su destino. Hizo el amague de salir y tomar las escaleras, pero desistió de ello cuando las puertas del ascensor empezaron a cerrar. Estando solo en aquel artefacto se sintió un poco nervioso, pero ya todo parecía normal.

El ascensor siguió su rumbo hacia el piso nueve. Javier respiraba profundo, tratando de calmarse a sí mismo. Solo pensaba en llegar pronto para comenzar su faena. De repente el ascensor se detuvo en medio de los dos pisos.

Javier se desesperó y empezó a golpear la puerta. Tocó los botones, gritó por ayuda. Él lograba escuchar algunas voces afuera. Forzó las puertas del ascensor y estas cedieron. Estaba detenido justo frente a una de las ventanas de cristal, que era cubierta por una fina malla de metal. Esto le permitió ver hacia el horizonte. Para su sorpresa, era ya de noche. Miró súbitamente el reloj y el mismo marcaba las 2 am.

Aunque no podía ver hacia el pasillo del piso nueve, aún escuchaba voces. Parecía ser personal de limpieza. Javier gritó con desespero, pero nadie parecía escucharle. Se refugió por un instante en el suelo de aquel ascensor, en la esquina más profunda del mismo. Estaba atrapado en un sentimiento de impotencia, sin embargo, no se iba a dar por vencido.

Al levantarse de nuevo, otra sorpresa le esperaba. El amanecer estaba ya asomándose a lo lejos. Era como si el tiempo había perdido su ritmo. Miró su reloj y notó que eran ya las 6 am.

-¿Como podía ser esto? -Se preguntó.

No había tiempo para fijarse en detalles. Tomó su maletín y empezó a golpear con fuerza la ventana de cristal. Rompió primero el vidrio, luego la malla de metal fue cediendo. Finalmente, logró hacer un agujero en la misma lo suficientemente grande como para poder pasar.

Para su fortuna, pudo arrojarse hacia las tejas rojas de los cubos que adornaban el edificio. Fue saltando valientemente de uno en uno, buscando librarse de aquel infierno. Sus lentes aun le acompañaban, mas no así su cabello, pues se notaba una gran calva adornando su cabeza.

El cuerpo envejecido de Javier saltó y saltó, hacia la libertad.

28 Microrelatos

Micro#1: La Pasión de Cristo

Cayó la mandarina en el desespero cuando unos dedos húmedos se pasearon sobre ella. Se resignó y entregó su espíritu al aire. Se dijo a sí misma: "Mañana he de volver". Su piel empezó a caer en trozos distantes, su sangre corrió por el suelo, no hubo gritos ni gemidos, sintió una mordida punzante en su costado, miró al cielo y dejó escapar su .último aliento. Era tarde y cerraban la tienda. "¿Quién pagará por eso?", decía el frutero. El cliente enfadado frunció el ceño y un cesto colmado de basura recibió en su seno lo que quedaba de ella. Al fondo, gritos y peleas. En aquel cesto, solo resignación.

Micro#2: El Manjar

La libélula intuyó que su destino estaba cerca. Al fin acabaría la faena agobiante, quizás entonces estaría satisfecha (se decía para sus adentros). Y es que ¿cuán cerca se puede estar de saciar lo insaciable? ¿Acaso es el hombre el único que no puede con sus propias ansias? La libélula estaba a punto de acabar su bocado, apenas recordaba cómo había sido que, dando vueltas sobre sí misma, fue a dar con aquel manjar. Todo se volvía oscuro, mientras ella empezaba a entender que lo que engullía con fuerza no era más que su propio cuerpo, su propia cola que persiguió con afán hasta echarle una buena mordida. Y es que aun en medio de la nada, el apetito voraz permanece insaciable

Micro#3: Cristales Austríacos

1938. El cristal se rompió nuevamente. Un grito daba paso al anochecer. El ventanal dejaba mostrar sus huesos. El alemán dijo: "¡Ha muerto! ¡ha muerto!". Fue el inicio de las almas rotas.

1939. El cristal se volvió a romper. 1938 fue solo el comienzo.

Micro#4: Parálisis

"Un pequeño paso para el hombre", decía alguien sentado en la silla de ruedas. Su cabeza, embotada de tanto pensar; la alfombra dejaba rastros de sus esfuerzos derramados. Una alarma sonó. ¿Quién tocaba a la puerta?, nadie respondía. En la tele, pasos sobre la luna. Esta iluminaba la noche que era tan oscura como la inmovilidad de aquel que a lo lejos la contemplaba.

Micro#5: Le decían: Negro

El golpe del látigo opacó todo sonido. Todo se nubló a su alrededor. La sangre salpicó sobre su cuerpo. La ira camuflada en resignación no tenía manera de hacerse escuchar. Si acaso intentara exclamar su dolor, solo sería contemplado por ojos que no entienden. Era negro, carecía de otro color. Siguió adelante con su obligada faena, con todo el peso sobre el lomo, a toda prisa, sin descanso. Su destino ya estaba cerca, todos aplaudían eufóricos, la algarabía era incontenible, el final fue de fotografía.

Micro#6: Nuestras Visiones

Se miraba al espejo. Como siempre buscaba con desespero algún detalle de hermosura que la ayudara a sentirse mejor. Sigilosa, esperaba una señal que sirviera para borrar esas ideas de fealdad que constantemente la acosaban. Su alma era abatida por sus inseguridades y complejos.

Frunció el seño al encontrar solo vacío en sus ojos llenos de una vanidad inagotable. Lanzó con furia el espejo contra el piso y se aprestó a salir a toda prisa. La prensa la estaba aguardando, una reina de belleza no puede hacer esperar demasiado a su público.

Micro#7: La Cosecha

Hace unos meses, salió del banco, sonriente. Él también había firmado el contrato. Lo llevaba en su bolsillo, allí, justo donde guardaba la bala. A pesar de las lluvias, el papel no se mojó, tampoco creció el algodón. Hubo rumores, ya no era uno ni eran dos, veintinueve ya habían caído. La mesa seguía vacía, sus bolsillos también. El contrato cayó al suelo, su tinta ya no era azul, se había mezclado con el rojo de la sangre. La bala se perdió en el horizonte. El banquero anotó en libros el saldo de la pérdida. Simplemente otra cuenta incobrable.

Micro#8: Día Feliz

El calendario marcaba sus 34 años de existencia en este mundo. Eran 12.410 días, de los cuales apenas 33 los contaba como felices, entre ellos la primera vez que la vio allí con sus ojos humedecidos por la soledad. El resto era solo un mar de monotonía con algunas sombras de tristeza aquí y allá. Se levantó listo para empezar otra faena. Como todas las mañanas, tomó el bus, se detuvo en la parada acostumbrada, y caminó hasta su lugar de trabajo. Al llegar algo lo frenó en seco: ¿flores?, ¿quién las habrá traído? De reojo observó a una mujer que se alejaba en claroscuro. La nota decía: "A la memoria de mi fallecido esposo". Esta vez sonrió. Ya podía contar el trigésimo cuarto día de felicidad.

Micro#9: Avenida Circular

Domingo 23, él salió a deambular sin rumbo, llegó a la esquina, el mismo kiosco de siempre. Hoy no compraría el periódico. Siguió avanzando. Allí estaba ella, lo vio y se encendió la chispa, fueron 30 años de agridulce matrimonio.

Domingo 23, él salió a deambular sin rumbo, llegó a la esquina, el mismo kiosco de siempre. Decidió comprar el periódico, cruzó la calle ensimismado en su pensamiento, no se percató de aquel auto, algunos corrieron a auxiliarlo. Allí estaba ella, era enfermera, llegó la ambulancia, ella le curó las heridas durante los siguientes tres meses.

Domingo 23, ayer aleteó una mariposa, el día estaba lluvioso. Él se quedó en casa, leía el periódico, sonó el teléfono, una llamada del hospital. Su amigo había sido internado de emergencia; corrió hacia el lugar, allí estaba ella. La enfermera lo llevó al cuarto, él sonrió amablemente y ella se alejó con una llovizna alegre en su corazón.

La calle tenía bifurcaciones, pero solía desembocar en la misma avenida.

Micro#10: El Retorno

Corrían por el río, de sus pies descalzos manaba la sangre de las heridas. Rápidamente se ocultaron detrás de unas piedras, una patrulla se movía a toda prisa, un guardia se bajó gritando: "¡Entréguense o prepárense a morir!". Otras dos patrullas se acercaron al lugar, eran ya quince guardias enfilando sus largas pistolas contra ellos. Los oficiales insistían en que no podían tenerles compasión, eran escoria, basura criminal de la que era mejor deshacerse. Finalmente, se vieron obligados a salir con sigilo de su escondite. Un primer hombre salió y, quitándose el sombrero de paja, abrió sus manos y dijo: "Señor guardia, no dispare, por favor, I don't speak English". Atrás, cinco niños se arrastraban temblorosos, nunca se supo si se debía al miedo o al hambre que les carcomía las entrañas.

Micro#11: La Inutilidad de una Queja

La madera sonrió, tres clavos le habían sido sacados esa tarde, era un gran alivio para ella. Sin embargo, se quejaba y decía: "Tan solo si no fuera por estas manchas de sangre". Pobre, si supiera que ese no era su mayor problema. A las pocas horas fue lanzada al fuego, y es que una cruz usada no tiene demasiada utilidad, ni hay quien la compre a buen precio.

Micro#12: Beso Etéreo

Se apagó el sol, la luna se había peleado con él y le dijo: "Aquí tú no entras hoy". Él la besó con la pasión del fuego y en un minuto volvió a amanecer.

Micro#13: El Silencio del Poeta

Hubo un silencio profundo en "El Madrigal", nadie hablaba, no había movimiento, ni siquiera la brisa recorría aquel lugar. El poeta se levantó golpeando con furia el escritorio, bebió un poco de licor y decidió ir por aire fresco. Hay días en que todo se vuelve blanco y el vacío no da espacio a la imaginación. Su obra tendrá que seguir esperando en la quietud de la nada.

Micro#14: Posesión

"¡Yo no soy celoso!", gritaba él, mientras la sangre seguía goteando del cuchillo con el que acababa de matar a su mujer. En su otra mano sostenía la foto del hombre aquel que solía visitarla de vez en cuando.

Micro#15: Proyecto Fallido

Finales del siglo XIX, en un bar cualquiera, ambos habían bebido demasiado. Uno de ellos dijo: "¡No es solo para enviar fotos y textos a todo el mundo, también permitirá enviar energía eléctrica gratuita a todo el planeta!".

El banquero lo miró con escepticismo, se levantó de la mesa y se fue apresurado. El ingeniero reflexionó en ese instante, los tragos y unas palabras de más le robaron decenas de años a la humanidad.

Micro#16: Mi Otro Yo

No recuerdo cómo llegué hasta aquí, quizás alguien me puso una trampa, no lo sé aún. Solo busco la forma de escapar. Quedé atrapada en en estas paredes de cristal, siento que me asfixio, corro de un lado a otro, me pregunto cómo lo habrá logrado ella, hace rato que se fue y solo dijo: "Qué bien me veo en este espejo".

Micro#17: Amor Fatal

Ella era blanca, fina, delicada. Él siempre corría detrás de ella, pero solía hacerse la difícil. Él hacía lo imposible por tenerla cerca, mirarla, tocarla, olerla, pero cada vez le costaba más, ya había entregado todo: la casa, el matrimonio, casi todo su dinero, descuidó el trabajo, vendió mucho de lo que tenía y aun así nunca era suficiente. ¡Maldita cocaína!

Micro#18: Muerte en Vano

Era un día de batalla. Salí sabiendo que solo había dos opciones: matar o morir. Rápidamente localicé a mi blanco, me alisté a enfilar contra él, apunté y me deslicé con fuerza hasta mi objetivo. En varias ocasiones, embestí, pero era muy veloz, se movía más rápido que yo. Además, llevaba armas ocultas que solo descubrí cuando ya era demasiado tarde. Logré resistir un buen tiempo; pero finalmente y en medio del dolor inaguantable, solté mi último respiro con resignación. La muchedumbre gritaba entusiasmada: ¡Ole Matador!

Micro#19: Corrí, pero no escapé

Miró el reflejo de la vela en el agua, algo le espantó esa noche. Corrió asustado a su habitación y se enredó entre las sabanas. Tembloroso, tomó la Biblia y empezó a leerla con desesperación. Nostradamus se lamentó de su don, no es nada agradable saber cómo uno va a morir.

Micro#20: El Velorio de la Libertad

Vistió sus mejores galas esa tarde. De chico, su mamá le había enseñado que a los velorios uno siempre va lo mejor arreglado posible, por respeto a los muertos. Asistió puntual a la cita, tuvo que hacer una larga cola para llegar a la urna. Cuando estuvo allí, expresó sus lamentos, salió rápido y se detuvo en la mesa. Mojó su dedo en la tinta, ya era hora de irse a casa a esperar el resultado de las elecciones, no se esperaba sorpresa alguna.

Micro#21: Abandono

Todos lo miraban al pasar. Algunos le dejaban limosnas en el sombrero. Él no se movía, sus ojos estaban perdidos en la neblina del tiempo. En su mano, un cartel decía: "Ayúdeme, soy veterano de guerra". Sus otras extremidades yacían mutiladas desde el día que decidieron irse a pasear juntas, con la explosión de una granada cualquiera.

Micro#22: Amor Platónico

Soledad, así se llamaba. En más de una ocasión, me bañé en el azul profundo de sus grandes ojos. Cuando bajando las escaleras nos encontrábamos por casualidad, mi mirada se perdía en su belleza singular. Nunca supe si ella lo notó o si alguna vez se enteró de mi existencia. Sin embargo, su recuerdo se quedó clavado eternamente en mi alma, como si de un fantasma imborrable se tratara. Los años pasaron y aún el timbre del recreo suena en mis oídos. Es hora de regresar a clases, así como ya va siendo hora de que yo regrese a la realidad.

Micro#23: El Lamento

"Ámenme, que alguien pregunte por mí" decía el santo en la estampita, guardado allá en aquel cajón de la esquina.

Micro#24: Mentiras Piadosas

Luz, te busqué, tantas veces te añoré. Yo sé que estás molesta porque cada vez que aparecías notabas mi ausencia, pero te prometo que todo va a ser diferente. No te enojes conmigo, quizás es algo que tiene que ver con mi naturaleza, después de todo no es tan fácil ser una sombra.

Micro#25: Sueño Intranquilo

Tocaban la puerta insistentemente, pero nadie abría, seguían golpeando la madera, pero no había respuesta. Él los escuchaba inmóvil. La noche se empezaba a asomar, el sepulturero depuso su pala sobre la grama y emprendió la marcha. Mañana habría tiempo para culminar la exhumación.

Micro#26: Corazones Resquebrajados.

Era otra tarde de ritos. Un corazón que aún latía cayó al vacío, con sus vibraciones expuestas al sol. Posaba desnudo sobre aquella vasija sagrada. Mostraba las heridas de un sacrificio eterno, involuntario, cegaba la sed de los dioses. Ella tomó sus maletas, era hora de marcharse. Él solamente la contemplaba con el desasosiego de los que esperan una razón.

Micro#27 Sin Regreso.

Ella miraba por la ventana. De nuevo amanecía y el sol dibujaba sus rayos sobre la piel del cielo. El sonido de los pájaros se expandía alrededor. Un rocío ligero recorría su rostro apesadumbrado. Esa mañana había decidido no mirar atrás y enterrar el pasado en un olvido profundo. A escasos metros, el doctor finalmente daba su diagnóstico: "Alzheimer".

Micro#28 La Voz de Poón.

Apolodoro de Atenas registró el combate entre Zeus y Afrodita en el hipódromo de Tavros. Afrodita apostó por González, Zeus jugaba a Carudel. A 200 metros de la recta final venían cabeza a cabeza: Carudel contra Gonzáles, cuando desde el Olimpo se escuchó la voz de Poón, el destructor de Babilonia. Al grito de "¡Vengase Vieja!", llevó a la yegua del jinete Paulino García a ganar por una nariz. Tras la sorpresiva victoria hubo paz sobre la tierra. Zeus y Afrodita se retiraron cabizbajos, mientras Poón reinó lanzando dracmas a sus sirvientes, diciéndoles: "tomad capullos, ahora sus almas son mías!"